はしのしたの
りゅうたろう

東洋之黒幕
こども将軍

東洋之黒幕

東洋之黒幕

東洋之黒幕
あっ！！ がたがたゆってるぷー！
しゅっぱつだぷー！
がたがた・・・
がたがた・・・

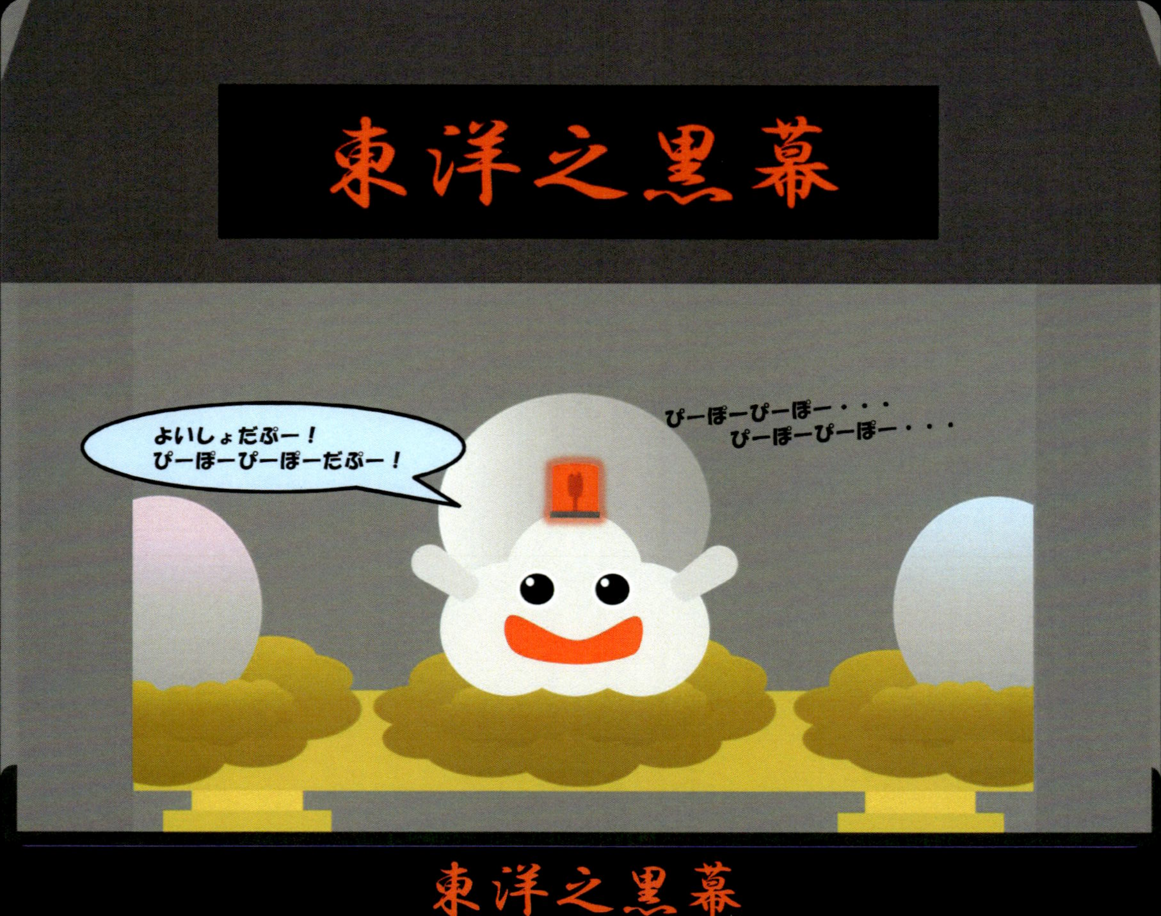
東洋之黒幕
よいしょだぷー！
ぴーぽーぴーぽーだぷー！
ぴーぽーぴーぽー・・・
ぴーぽーぴーぽー・・・
東洋之黒幕

ぴーぽーぴーぽー・・・
ぴーぽーぴーぽー・・・
いってきますだぷー！
ぴーぽーぴーぽーだぷー！

ぴーぽーぴーぽー・・・
ぴーぽーぴーぽー・・・
とうちゃくだぷー！

東洋之黒幕

とんぶらこっこー・・・
どんぶらこっこー・・・
いってらっしゃいだぷー！
ばいばーい・・・

ぱきぱきっ・・・
ぱきぱきぱきっ・・・

がぁー！！
ぱーん！！

どこだここは・・・？ ・・・はし？
・・・まあ、それはおいといて、ちょっとあそびにいってみましょう。

……。
ばしゃっ、ばしゃっ・・・
ばしゃっ、ばしゃっ・・・

ちゃうな、これな。あっちはいかれへんな、これな。こっちやな。
はしはあるけど、はしのしたやさかいにな。それはいかれへんな、これな。

ぶん、ぶーん・・・
おうち がいっぱいありますね。ちょっとおじゃましてみましょうか。でも、くるま にひかれないようにちゅういしないといけないですね。おうだんほどう をわたりましょう。

東洋之黒幕

・・・・。
せけんのかぜあたりはつよいな、これな。

東洋之黒幕

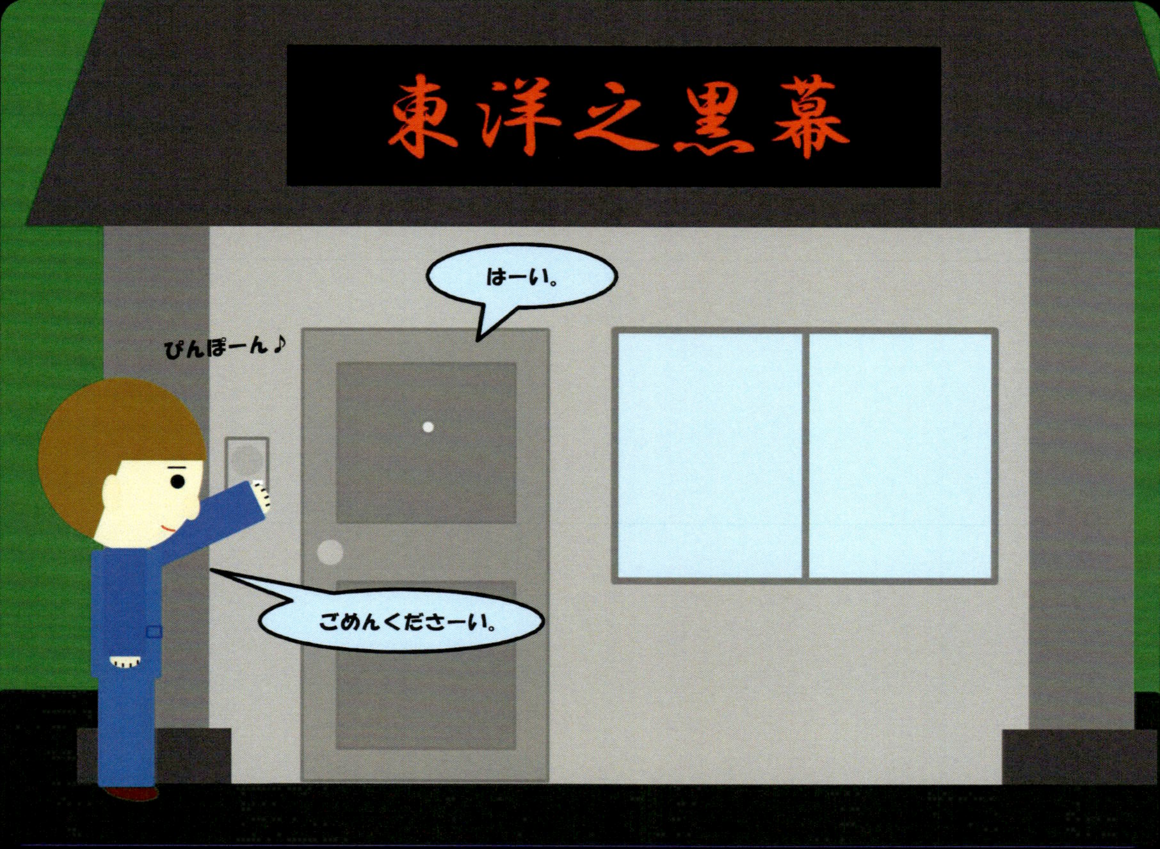
東洋之黒幕
はーい。
ぴんぽーん♪
ごめんくださーい。

東洋之黒幕
がちゃ！
!

東洋之黒幕

ぷろふぃーる

なまえ
　りゅうたろう（リュウ太郎）
せいねんがっぴ
　へいせい 29 ねん 6 がつ 6 にち
しゅっしんち
　おおさかしのよどがわのはしのした
とくぎ
　うまれつきにほんごをはなせる
　1 にち 1 かいだけほのおをはける
しゅみ
　はたけしごと
　どうぶつのぜりーのふたをあつめる
すきなたべもの
　はむ　そーせーじ　ういんなー

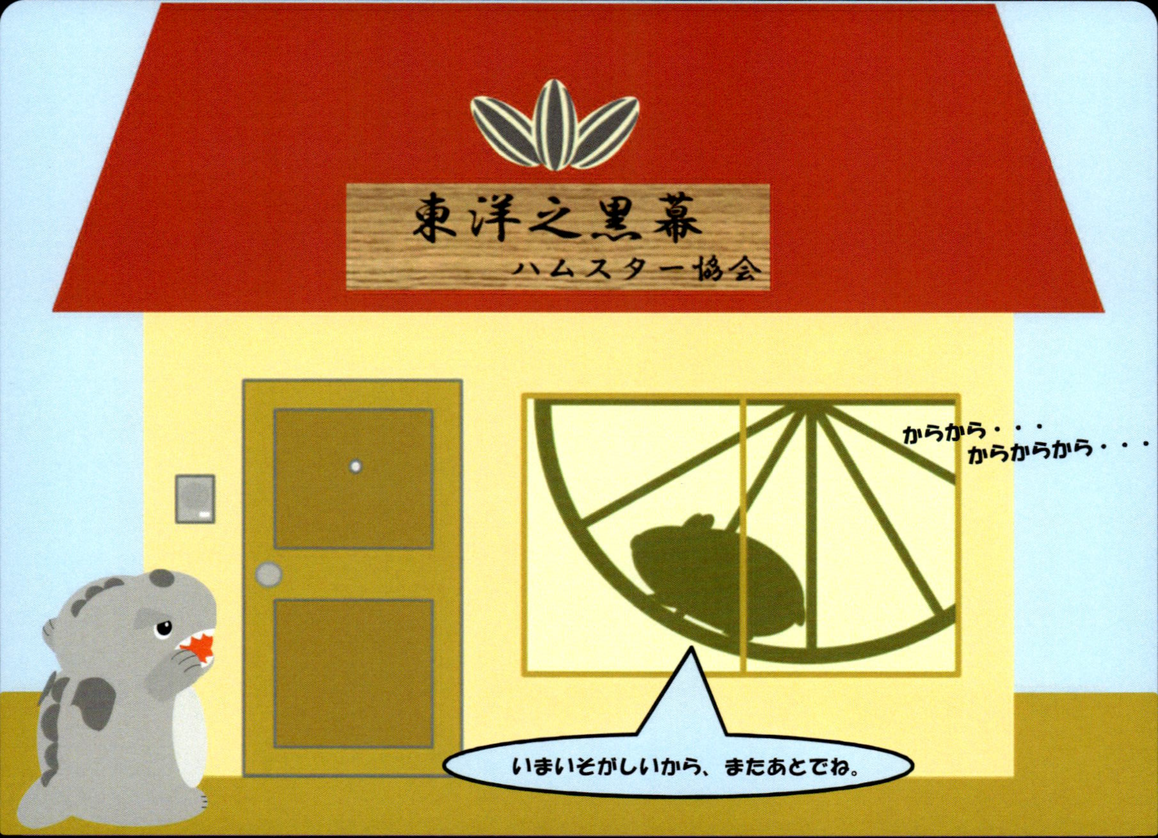
東洋之黒幕
ハムスター協会
からから・・・
からからから・・・
いまいそがしいから、またあとでね。

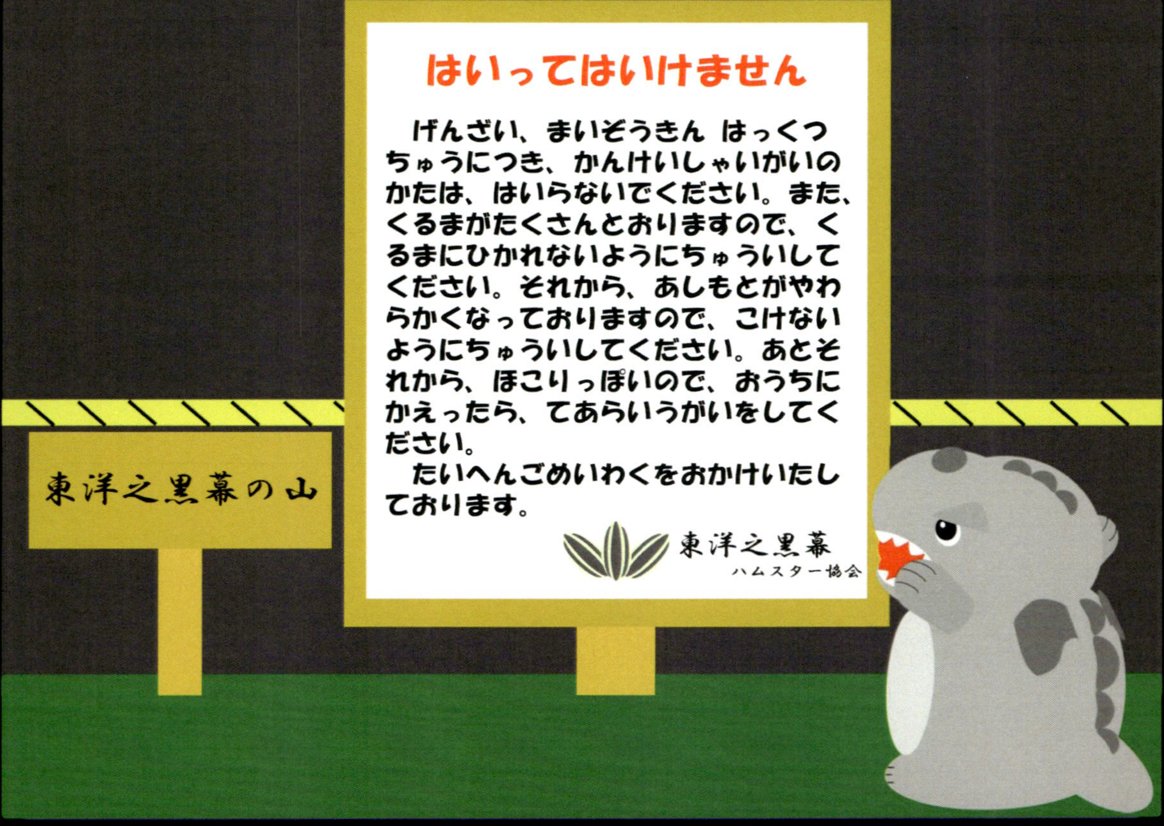
はいってはいけません
げんざい、まいぞうきん はっくつちゅうにつき、かんけいしゃいがいのかたは、はいらないでください。また、くるまがたくさんとおりますので、くるまにひかれないようにちゅういしてください。それから、あしもとがやわらかくなっておりますので、こけないようにちゅういしてください。あとそれから、ほこりっぽいので、おうちにかえったら、てあらいうがいをしてください。
たいへんごめいわくをおかけいたしております。
東洋之黒幕
ハムスター協会
東洋之黒幕の山

東洋之黒幕
おっ、おじゃまします。
どうぞ。

東洋之黒幕
わっはっはっはっ。そうなんですよー。わっはっはっはっ。
わっはっはっはっ。そうなんですかー。わっはっはっはっ。

東洋之黒幕
せんせい。ありがとうございました。
おきをつけて。

東洋之黒幕
がちゃ！

東洋之黒幕
おきゃくさん かえりましたね。ちょっとしつれいして、
ぴんぽん おしてみましょう。

東洋之黒幕
ぴんぽーん♪
たのもー！！
はーい。

東洋之黒幕
がちゃ！
がぁー・・・。

東洋之黒幕
どうぞ。
おじゃまします。

おふろ にしましょう。
しゃーーっ
あったかいなー、これな。

東洋之黒幕

東洋之黒幕

東洋之黒幕

は をみがきましょう。
みがきましょう。

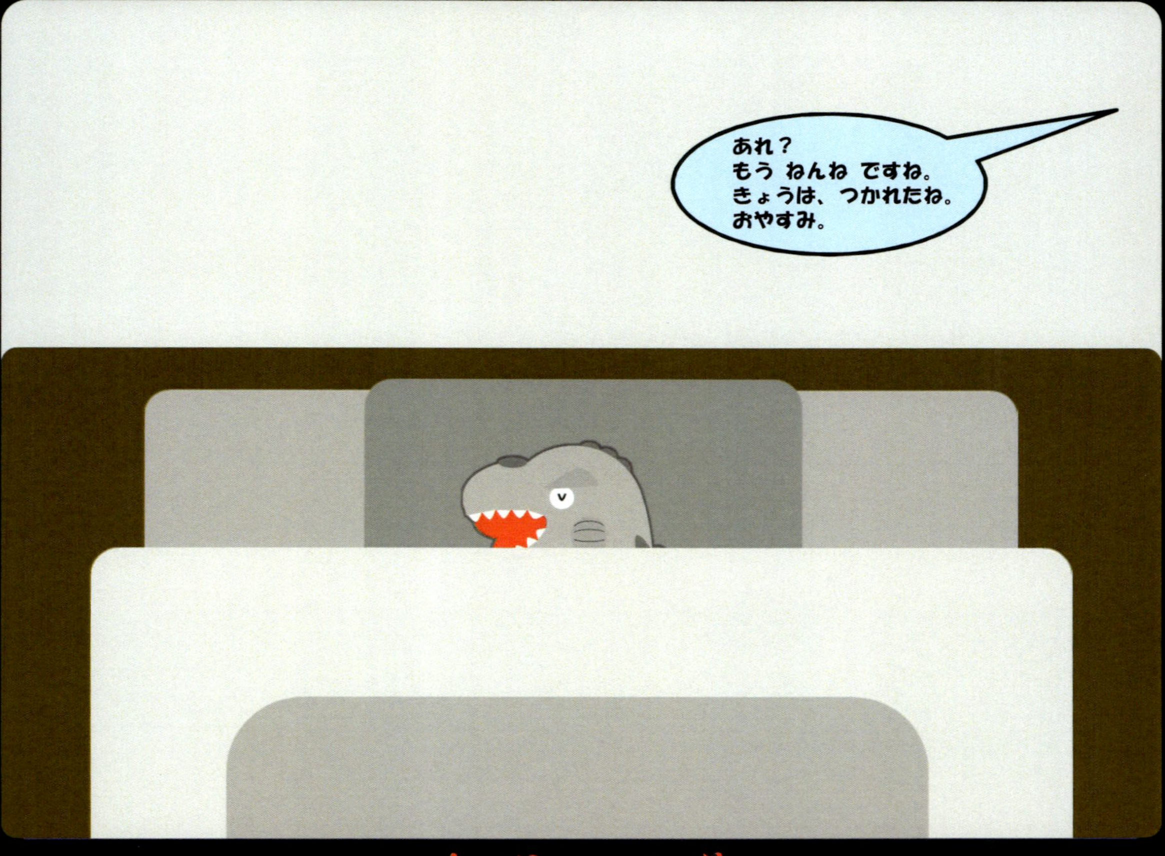
あれ？
もう ねんね ですね。
きょうは、つかれたね。
おやすみ。

東洋之黒幕

せんせい。
ぼく、このうちのこ になりたい。
わっはっはっはっ。
ええよ。それじゃ、きょう
から ふぁみりー やで。
わっはっはっはっ。

わっはっはっはっ。
せんせい。ふぁみりー ってなに？
わっはっはっはっ。
わっはっはっはっ。
ふぁみりー ゆうたら、かぞく やさかいに、このうちのこ とゆうことや。
わっはっはっはっ。

わっはっはっはっ。
そういえば、まだ なまえ をきいてなかったね。
わっはっはっはっ。
なまえ は？
なまえ は、まだないんです。

わっはっはっはっ。
それじゃ、なまえ をつけましょう。
きみはきょうから、りゅうたろう だ。
わっはっはっはっ。
わっはっはっはっ。
せんせい。ありがとー。
わっはっはっはっ。

おやすみ。
りゅうたろう。
おやすみ。
せんせい。

はしのしたの
りゅうたろう

東洋之黒幕
こども将軍

東洋之黒幕

こども将軍　営業部長

リ　ュ　ウ　太　郎

RYUTARO

リュウ太郎にご用の方はこちら

Email：kodomosyougun@gmail.com

ＵＲＬ：http://x.gmobb.jp/kodomosyougun/

Email　URL

いまいそがしいから、またあとでね。
ががが・・・
がががががが・・・
東洋之黒幕
ハムスター協会
東洋之黒幕の畑
????????????